DIVERSIÓN CON COLORES

ANARANJADO

por Anna C. Peterson

I0901216

TABLA DE CONTENIDO

tadpole en español

PALABRAS A SABER

camiseta

carro

comida

gato

pelota

pez

ANARANJADO

El anaranjado es un color.

El gato es anaranjado.

La camiseta
es anaranjada.

El pez es anaranjado.

pelota

La pelota es anaranjada.

El carro es anaranjado.

La comida es anaranjada.

¡REPASEMOS!

Apunta hacia las cosas anaranjadas que ves aquí.

ÍNDICE